CHANTS FRANÇAIS

PUBLIÉS

A L'OCCASION DE LA FÊTE DE SA MAJESTÉ

LOUIS-PHILIPPE IER.

Adspice venturo lætentur ut omnia sæclo.
VIRG., ég.

Dédiés à la Garde Nationale.

✳

AU PROFIT DES POLONAIS.

✳

A PARIS,

CHEZ DELAUNAY, LIBRAIRE,
AU PALAIS-ROYAL.
ET CHEZ LES MARCHANDS DE NOUVEAUTÉS.

M. D. CCCXXXI.

CHANTS FRANÇAIS.

PARIS. — IMPRIMERIE ET FONDERIE DE FAIN,
RUE RACINE, N°. 4, PLACE DE L'ODÉON.

CHANTS FRANÇAIS

PUBLIÉS

A L'OCCASION DE LA FÉTE DE SA MAJESTÉ

LOUIS-PHILIPPE IER.

Adspice venturo lætentur ut omnia sæclo.
VIRG., ég.

Dédiés à la Garde Nationale.

———•———

AU PROFIT DES POLONAIS.

———•———

A PARIS,

CHEZ DELAUNAY, LIBRAIRE,
AU PALAIS-ROYAL.
ET CHEZ LES MARCHANDS DE NOUVEAUTÉS.

———•———

M. D. CCCXXXI.

AVANT-PROPOS.

En livrant ces opuscules au jugement du public, je n'ai été guidé par aucun sentiment d'amour-propre. J'avais fait vœu de ne plus écrire, mais qui pourrait ne pas contribuer à un acte philanthropique, en facilitant à un peuple héroïque les moyens de secouer le joug sous lequel il gémissait, et qui résisterait au désir de célébrer un prince qui a affranchi la patrie du despotisme et de l'anarchie pour faire flotter en ses murs le drapeau de la liberté! Cette époque si heureuse pour la nation a inspiré une foule d'écrivains. Nos vieux littérateurs endormis sur leurs lauriers se sont réveillés aux cris de l'allégresse publique, et sont entrés en lice pour disputer à leurs jeunes rivaux la palme de la gloire et l'honneur de chanter un bon prince. Entraîné par leur exemple, j'ai voulu malgré ma faiblesse marcher sur leurs traces. *Ego apis matinœ, more modoque, grata carpentis thyma, per laborem plurimum operosa parvus carmina fingo.*

En effet, comment ne pas se sentir inspiré en voyant un grand peuple reconquérir, dans trois mémorables journées, ses droits que voulait lui ravir un injuste pouvoir, et comment ne pas chanter un souverain qui par ses qualités et ses vertus méritera le beau titre que les Romains donnèrent à Titus; comment ne pas parler des bienfaits dont il s'efforce de combler la France depuis son avénement à un poste où l'ont appelé nos vœux.

Tarir la source sanglante de nos dissensions civiles, jurer une Charte nouvelle où sont fixés les droits de son peuple et ceux de sa couronne; donner à ce même peuple cette sage liberté, la lui donner fondée sur des bases inébranlables; rappeler au sein de la patrie les beaux-arts et les bonnes mœurs; ne parler après les plus odieux attentats, les plus cruels désastres, que d'union, que d'oubli, et fermer l'abîme des révolutions :

voilà ce que n'égaleront jamais en durée les monumens les plus solides.

Tranquilles désormais dans nos paisibles de-
meures, et savourant les douceurs de la paix,
nous n'avons pas à craindre que des antres du
Nord il ne fonde sur nous de farouches étrangers,
et que Lutèce résonne encore du bruit de leurs
coursiers sauvages, ou que ces ravisseurs altérés
de nos dépouilles ne ravagent nos temples, nos
moissons et nos biens. Philippe, quoique élevé au
rang suprême, est toujours le héros de Valmy, et
le drapeau tricolore flottant sur la frontière
serait bientôt le signal de la liberté de tous les
peuples, et de la destruction générale des trônes
des tyrans.

Aussi rallions-nous, Français, autour de son trône
paternel, ramenons dans le devoir, par la persua-
sion, des agitateurs égarés, contribuons à seconder
les généreux desseins que forme notre souverain
pour la prospérité publique.

Dans cette circonstance, à qui pouvais-je dédier
à plus juste titre *mes chants français* qu'à cette
brave garde civique, l'admiration, l'amour de la
France, et la terreur de l'étranger, à cette garde
qui tient entre ses mains le destin de l'État. C'est

donc avec une entière confiance que je les lui adresse, persuadé qu'elle accueillera avec indulgence, eu égard aux motifs, ce faible fruit des labeurs d'un de ses camarades les plus dévoués.

CHANTS FRANÇAIS.

ÉLÉGIE

A LA VILLE DE PARIS.

Jam Virgo redit, et redeunt saturnia regna :
Jam nova progenies cœlo demittitur alto.

VIRG.

O mère de héros ! O superbe Lutèce ! (A)
Toi qui vis de Brennus (B) l'éclatante prouesse,
Toi, qui par ta valeur, du haut de tes remparts,
De César renversas les nobles étendards,
Toi qui naguère encore, amante de la gloire,
Par de nouveaux hauts faits vas enrichir l'histoire,
Dis-nous pourquoi ce cri constamment répété :
Charte, charte, Philippe, union, liberté !
Pourquoi ces vœux ardens, ces larmes de tendresse ?
Pourquoi ces jeux ; ces chants, cette vive allégresse ?
Ces flots de citoyens en tous lieux répandus,
Et de joie et d'amour tous les cœurs éperdus ?
Pourquoi fais-tu soudain au fracas des tempêtes
Succéder les plaisirs et le doux bruit des fêtes ?

Là s'offre aux yeux charmés un brillant *Carrousel*,
Qui retrace des preux le courage immortel ;
Plus loin la lance en main les athlètes de l'onde,
Devant une jeunesse en héros si féconde,
Et d'adresse et de force osent rivaliser.
Ici d'autres rivaux viennent se disposer
A mériter le prix que l'on réserve encore
Pour les jeux d'Atalante et ceux de Terpsichore ;
L'acrobate léger, d'un vol audacieux,
Semble vouloir franchir l'immensité des cieux,
De la bombe, à son tour, la poudre prisonnière
S'échappe en dessinant des gerbes de lumière,
Part en sifflant, s'élance, et, pareille aux éclairs,
Illumine la fête, éclate dans les airs.
On se cherche, on s'embrasse et les pleurs se confondent,
La voix semble expirer, les âmes se répondent,
Dans ces tendres élans, transports délicieux,
Le cri du sentiment n'en éclate que mieux.
O reine des cités, pourquoi tant de fanfares ?
Pourquoi brûler ainsi les parfums les plus rares ?
Pourquoi, quittant soudain tes vêtemens de deuil,
Sembles-tu donc sortir joyeuse du cercueil ?
Comme un fort, un rempart, une ville nouvelle,
Tu renais aujourd'hui plus charmante et plus belle,
Toi que mes yeux ont vu, livrée à la douleur,
Courber ton noble front sous le fer du malheur.
Hélas ! tu gémissais : dans ta cruelle peine,
Tes larmes se mêlaient aux sources de la Seine :
Qui donc, plaignant ton sort, de ces jours ténébreux
A fait un avenir brillant et radieux ?

Je conçois, il a fui ce monarque barbare
Qui te donnait pour loi son caprice bizarre,
Ce roi, qui dans un jour, exécrable à jamais,
De sanglots a rempli tout l'empire français.
Aux éclairs de l'airain, chargé par les Furies,
Le cruel déchaîna toutes leurs barbaries.
Vois tes murs, encor teints d'un massacre odieux,
Dire cet attentat à nos derniers neveux ;
Vois ce tube enflammé, complice de sa rage,
Vomissant en tous lieux l'horreur et le carnage (C) :
Épouses, frères, sœurs, amis, vieillards, parents,
Sous le plomb des combats périssent innocents.
La mort impitoyable entasse ses victimes,
La fureur y poursuit le crime par les crimes ;
Le sang lave le sang ; la mort venge les morts ;
Paris n'est qu'un tombeau, Charles est sans remords.
Le noble dévoûment, le généreux courage,
Des soldats du tyran ont excité la rage.
Tout périt à la fois, il n'est plus de Français,
Dans le champ de repos ils dorment à jamais :
C'est ainsi qu'abusant d'un moment de puissance
Ce Bourbon assouvit une injuste vengeance.
De la Seine soudain le fleuve ensanglanté
Dans les murs, hors les murs s'enfuit épouvanté ;
Jusques aux mers du Nord les flots qu'il précipite
Rencontrent sur leurs bords la mort à leur poursuite.
Du superbe Paris malheureux habitans,
Ils vont porter aux mers leurs cadavres sanglants.
Que faisait le parjure en ce jour de détresse ?
A l'abri du danger il entendait la messe,

Sans cesse répétant aux accents du canon :
Bravo ! le peuple enfin entendra la raison.
Mais ce peuple soudain, marche, brave la foudre ;
Ses gardes, ses flatteurs, sa couronne est en poudre.
Contre la nation lâche conspirateur,
Devant tout l'avenir, mon vers accusateur
Retrace à l'univers sa mémoire insolente,
Du meurtre de son peuple encor toute sanglante.
Sur ses pages Clio gravera de sa main :
De ses propres sujets Charles fut l'assassin.

Ah ! je comprends pourquoi cette subite ivresse
A remplacé ces temps de pleurs et de tristesse,
Ces temps où gouvernaient des ministres tyrans,
De lâches oppresseurs et leurs obscurs agens.

Un Dieu juste et propice écartant son tonnerre,
Moins touché de l'encens que des pleurs de la terre,
Descend du haut des cieux sur ce peuple enchanté
Verser tous les torrens de la félicité.

Oui, l'Éternel voulant, dans sa haute justice,
De l'État ébranlé raffermir l'édifice,
O Lutèce ! t'envoie un sage souverain
Qui, seul, de ta puissance est le gage certain.
Que tes valeureux fils se livrent à la joie,
Qu'en ce beau jour pour lui leur amour se déploie ;
Qu'ils préparent partout, sans le moindre retard,
Les prestiges brillans du génie et de l'art.
C'est un roi-citoyen, un héros qu'on renomme ;
En quelque état qu'il fût, il serait un grand homme :
Il ne brilla jamais d'un éclat étranger,
Son mérite est dans lui, rien ne peut le changer.

Ce mérite n'est point de posséder l'empire,
Il sait vaincre et régner, voilà ce que j'admire,
S'il fallait que sa gloire égalât sa grandeur,
Elle ne serait plus digne de son grand cœur.
Silence, le voilà ! bientôt il va paraître,
Ce monarque chéri que le ciel a fait naître
Pour être des Français le père et le vengeur :
Du monde il fut toujours et l'exemple et l'honneur.
Il s'avance, son sein palpitant d'allégresse
Répond aux doux transports d'un peuple qui le presse,
La valeur, la bonté brillent sur tous ses traits,
Il brûle du désir de verser des bienfaits.
Le malheureux, hélas ! au sein de la misère,
Mourant abandonné de la nature entière,
Par son humanité désormais visité,
Verra finir enfin sa triste adversité.
Silence !.... Il va parler, il va se faire entendre,
En lui seul renaîtront Marc-Aurèle, Alexandre;
Il n'a pas l'air hautain de ces rois arrogants,
C'est un père attendri qui parle à ses enfans :
« Braves Français, dit-il, plus de pleurs, plus d'alarmes;
» La valeur, des tyrans a su briser les armes,
» Et je viens parmi vous, recevez mon serment,
» Consoler le malheur, secourir l'indigent,
» Être toujours des lois l'observateur fidèle,
» Avoir pour la justice un immuable zèle,
» Protéger l'opprimé, pardonner à l'erreur,
» Offrir à la faiblesse un appui protecteur,
» Indiquer les vertus, les talens à l'histoire,
» En les environnant des palmes de la gloire;

» Mettre un terme à vos maux, calmer votre douleur,
» Étendre enfin partout la paix et le bonheur. »
Il se tait, et chacun avec élan s'écrie,
En songeant au bonheur dont jouit la patrie :
Que le ciel de son règne éternise le cours !
Vive le roi long-temps, vive le roi toujours !
La mère, tout en proie à la commune ivresse,
Presse contre son sein, palpitant de tendresse,
Son fils, son cher espoir, qui, né pour le bonheur,
Avant de se connaître en aura vu l'auteur ;
Témoin de ces transports qui passent dans son âme,
Le vieillard étonné se ranime et s'enflamme,
Et, fier de voir encor un jour si glorieux,
Voit sans regret la mort qui va fermer ses yeux.

    Mais..... ô prodige, une clarté divine
    Paraît soudain aux regards éblouis ;
    Sur un nuage, avec splendeur domine,
    Un roi chéri : le douzième Louis.
    Ce souverain, oracle de justice,
    Vaillant guerrier, sage législateur,
    Adorateur d'un Dieu bon et propice,
    Modeste et simple au sein de la grandeur,
    Du haut des airs à Philippe s'adresse,
    Par ce discours empreint de sa sagesse :
    « Depuis long-temps les Français généreux,
    » Sont agités de mortelles alarmes,
    » Sèche, mon fils, la source de leurs larmes !
    » Que ton seul but soit de les rendre heureux.
    » Au nom sacré de ce Dieu de justice,
    » Je te prescris d'éloigner de ta cour

» Ces favoris dont le sombre artifice
› De tes sujets peut te ravir l'amour ;
› Bannis aussi ces sectateurs rebelles
Que l'Éternel repousse de son sein ;
Et souviens-toi qu'en leurs mains criminelles
› Brilla toujours le fer de l'assassin.
› Auprès de toi fais asseoir la sagesse
› Et la franchise, et cette liberté
› Dont le retour n'inquiète et ne blesse
› Que l'ennemi de l'humble piété.
› Prescris l'oubli, sache oublier toi-même,
» De tout Français fais respecter les droits ;
Maintiens des lois l'autorité suprême,
› Car dans leur force est la force des rois.
A la vigueur des beaux siècles antiques
Joignant l'honneur des siècles pacifiques,
Tes rejetons, par le cœur inspirés,
Seront partout des Français adorés.
Des souverains, oui, tu seras l'exemple :
Déjà ton cœur est devenu le temple
› De la clémence et de l'humanité,
t le séjour d'une sage équité.
En vain, un jour la discorde fatale
› Ranimerait ses serpens, son flambeau,
Aucun Français de sa main infernale
N'accepterait le funeste bandeau ;
Sous tes drapeaux il ne serait personne,
Qui ne volât pour défendre ton trône ! »
n nuage d'or Louis remonte aux cieux,
avoir prédit le destin glorieux
ble rejeton de son auguste race,

Et près du roi des rois va reprendre sa place.
Princes, peuple, guerriers, à ce subit aspect,
Se prosternent soudain, saisis d'un saint respect,
Et, désireux de rendre un authentique hommage
Au prince messager d'un si brillant présage,
Ils répètent !...... honneur ! à Louis d'Orléans !
Qu'ils vivent à jamais ses nobles descendans !
Qu'ils fassent le bonheur de notre chère France,
Ils ont calmé ses maux, allégé sa souffrance !

Ainsi sont étouffés ces troubles intestins,
Qui semblaient de l'État menacer les destins.
Sans effort, sans retour, la discorde bannie
En assure à jamais la gloire et l'harmonie.
Tel on voyait jadis le dieu des vastes mers,
Quand les fiers aquilons ébranlaient l'univers,
Enchaîner de ses flots l'audace et le murmure,
Et, d'un regard vainqueur rassurant la nature,
Lui dévoiler des cieux le plus brillant azur,
Et rendre au dieu du jour son éclat le plus pur :
Tel apparaît Philippe au milieu des tempêtes ;
Tel, des vents orageux qui grondaient sur nos têtes,
D'un souffle, en se montrant, il a brisé l'orgueil,
Et le calme renaît enfanté d'un coup d'œil.
Enfin, tous les Français, unis sous sa puissance,
N'offrent plus aujourd'hui qu'une famille immense.
Désireux d'affermir sa juste autorité,
Le père, au frein des lois, soumet sa volonté ;
Et ses fils, en des jours de troubles et d'alarmes,
Lui dévoueront leurs cœurs plus puissans que leurs armes
Chère Lutèce, enfin, tes vœux sont entendus,

Sous un roi-citoyen tu ne gémiras plus ;
Oui, ce jour, ce grand jour n'est encor que l'aurore
D'un siècle fortuné qui pour toi vient d'éclore.
Ton cœur, depuis long-temps, en désirait l'éclat ;
Applaudis au bonheur, aux destins de l'État !
D'Orléans, aux vertus exerçant son enfance,
La tendre humanité, l'active bienfaisance,
Se mêlaient dans ses jeux, et daignaient par ses mains
De la rigueur du sort consoler les humains ;
Lorsque, du vil mensonge écartant les nuages
Sa raison sut s'ouvrir la carrière des sages,
Carrière difficile, où, pour guider ses pas,
L'auguste vérité le reçut dans ses bras ;
Enfin lorsqu'on a vu cette nouvelle Astrée,
Qu'aux jours du siècle d'or la terre eût adorée,
Seconder, prévenir son généreux penchant,
Sourire aux malheureux d'un regard si touchant,
Et, recevant leurs pleurs, partageant leurs alarmes,
Alléger leurs tourmens et suspendre leurs larmes ;
Surtout lorsque, montant sur le trône des rois,
De ses devoirs sacrés connaissant tout le poids,
On l'a vu rassembler cette élite de sages,
La gloire de nos jours, l'honneur de tous les âges.
   Si la France renaît, si des soins vigilans
Font revivre en tes murs, ramènent dans les champs
Les arts et les vertus, la paix et l'abondance,
Rends-en grâce, Lutèce, au Titus de la France,
A ton roi-citoyen, dont le génie heureux,
Les talens, la valeur et le cœur généreux
Prouvent que le mérite et que la vertu même

A plus d'un souverain donnent le diadème.
Ah ! si de révérer, si de chérir ton roi,
En ce jour, en tout temps fut un besoin pour toi ,
Si ce pur sentiment, si vif et si sincère,
Devient de ton bonheur l'élément nécessaire ,
Si dans ce jour encor tes fils sont attendris
Au souvenir touchant du douzième Louis (D),
Livre-toi sans contrainte à l'excès de la joie,
Et que ce doux transport, qui partout se déploie,
Ne soit plus altéré par des vœux superflus :
Lutèce, à ses aïeux tu ne l'enviras plus.

LES CONSCRITS.

Air : L'amour et la gloire.

L'honneur, Conscrits, vous appelle aux combats;
Courez, volez tous au champ de vaillance
Avec orgueil affronter le trépas
Pour notre prince et notre belle France;
De leur renom, au milieu des hasards,
Sachez encor agrandir la mémoire;
Que vos exploits prouvent que la victoire
N'abandonna jamais nos étendards.

Pendant trente ans un monarque, un héros,
Sur notre sol sut enchaîner la gloire,
Aussi Clio, de ses nobles travaux,
A l'univers racontera l'histoire.
Notre bon roi, de ce grand empereur,
Ne vient-il pas nous retracer l'image,
Puisque du ciel il reçut en partage,
Ainsi que lui, sagesse, esprit, valeur.

A Mondovi, Jaffa, Wagram, Eylau,
Napoléon, favori de Bellone,
De l'étranger vit long-temps le drapeau
Courbé devant sa vaillante couronne.

Louis-Philippe, à Jemmape, à Valmy,
En exposant sa précieuse vie
Pour délivrer notre France asservie.,
Par ses talens a vaincu l'ennemi.

Rallions-nous aux riantes couleurs
D'un prince qui, malgré la malveillance,
Pour nous fera succéder aux malheurs,
Selon ses vœux, la joie et l'abondance ;
Mais, des méchans si jamais les fureurs
Osaient encor désoler la patrie,
Avant d'atteindre ou son trône ou sa vie,
Des bons Français ils perceraient les cœurs.

LA POLONAISE.

Air de la marseillaise.

Ouvrez les yeux à la lumière,
Polonais, ô peuple vaillant !
Brisez, jetez sur la poussière
Tous les insignes du tyran.   (*bis*)
Laisserez-vous dans vos contrées
Tous ces féroces étrangers,
Au sein même de vos foyers,
Disposer de vos destinées ?
Fils de la liberté, rompez leurs bataillons,
Marchez ! (*bis*) et que leurs corps engraissent vos sillons.

Abusant du pouvoir des armes,
Ces traîtres, dans leur cruauté,
Boivent votre sang et vos larmes,
Se riant de l'impunité.   (*bis*)
Ah ! qu'une éternelle infamie
Couvre ces vils conspirateurs,
Les artisans de vos malheurs
Et l'opprobre de la patrie.
Fils de la liberté, etc.

Dans les villes, dans les campagnes,
Les farouches soldats du Nord,
Osent outrager vos compagnes,

Et dans leurs cœurs porter la mort ;   (*bis*)
Chaque jour, ces tigres barbares,
Usurpant, détruisant vos droits,
Remplacent vos plus saintes lois
Par mille caprices bizarres.
Fils de la liberté, etc.

Oui la vengeance vous appelle,
Écoutez un noble courroux ;
Par votre bravoure immortelle
Conquérez le bien le plus doux.   (*bis*)
Partez !... courez !... lancez la foudre,
Brisez leur pouvoir oppresseur,
Et que la paix et le bonheur
Naissent de leurs trônes en poudre.
Fils de la liberté, etc.

Tremblez, traîtres, tremblez, perfides,
L'exécration de tout pays ;
Tremblez !... vos desseins homicides
Vont enfin recevoir leur prix.   (*bis*)
Si la Pologne fut paisible
Durant son pénible sommeil,
Tyrans, son généreux réveil
En sera pour vous plus terrible.
Fils de la liberté, rompez leurs bataillons,
Marchez ! (*bis*) et que leurs corps engraissent vos sillons.

LA VICTOIRE (E).

Croissez, palmes immortelles ;
Naissez, moissons de lauriers !
Mars, de couronnes nouvelles
Viens ceindre encor ces guerriers :
Un héros vole à la gloire,
Digne sang de leurs aïeux,
Et montre encor la victoire,
Enchaînée au char des dieux.

Tel que, du haut des montagnes,
Un torrent précipité
Va ravager les campagnes,
De vingt torrens augmenté ;
Tel dans sa course incertaine,
Armant ces soldats altiers,
Diébitch au combat entraîne,
En vain de vils étrangers.

Ils ont dit : dans l'esclavage,
S'est amolli pour jamais,
Le fier et mâle courage
   Des braves Polonais.

Sur leur troupe épouvantée,
Dardons la flamme et le fer,
Que la Vistule domptée,
Succombe sous le Niéper !

Ils le disaient : leur murmure,
Aussitôt est entendu :
Mais de cette vaine enflure,
L'espoir de loin est prévu.
Sage dans tout ce qu'elle ose,
Cette brave nation ;
Montre qu'elle ne repose
Que du sommeil du lion.

Sur les ailes des orages,
Portant la grêle et l'éclair,
A-t-on vu d'épais nuages
Se heurter aux champs de l'air ?
Le jour fuit ; leurs flancs s'entrouvent,
La foudre éclate en carreaux ;
Les Russes tremblant découvrent,
Autour d'eux mille tombeaux.

Du Niéper, de la Vistule,
Ainsi les fiers combattans
Entre-choquent, noble émule,
Leurs épouvantables flancs.
Le fer brille, l'airain gronde ;
L'on brave à l'envi la mort ;
Ce jour, des armes du monde,
Semble décider le sort.

Tel que du sein d'un nuage,
Part le carreau foudroyant ;
Tel au milieu du carnage
Court Skrzynecki étincelant.
La vaillance et le génie,
Devant lui sèment l'effroi,
Et devant lui la Russie,
Voit fuir son *valeureux* roi.

Il frappe, écrase, terrasse,
Rien ne résiste à ses coups,
Et de sa vaillante audace
Le dieu Mars serait jaloux !
Ce jour apprend à la terre
Que, vengeur du droit des gens !
Le redoutable tonnerre
Gronde encor sur les Titans.

Sur la poussière sanglante
Le *Kalmuck* est étendu,
Le *Backir*, dans l'épouvante,
Fuit incertain, éperdu.
Une colonne superbe,
Soutien d'un temple ébranlé,
Vient-elle à tomber sur l'herbe,
Le temple tombe écrasé.

Le *Niéper*, dans ses alarmes,
Sort du sein de ses marais,
En vain, a-t-il dit, nos armes
Bravent les fiers Polonais !

N'affrontons plus la tempête,
Évitons les coups du destin ;
Quand ils ont Skrzynecki en tête,
Ils ont la victoire en main.

ÉCLAIRCISSEMENTS.

ORIGINE ET ANTIQUITÉ

DE LA VILLE DE PARIS.

(A), page 9.

César est le premier auteur qui ait parlé des Parisiens ; ils étaient un de ces soixante-quatre peuples qui composaient la république des Gaules, et qui ne formaient qu'une même nation, quoique indépendans les uns des autres. Chacun de ces peuples avait ses lois particulières, ses chefs, appelés Vergobrets, et nommait tous les ans des députés pour les assemblées générales qui se tenaient ordinairement dans le principal collége des druides [1], ministres de leur religion, au milieu d'une immense forêt du pays de Chartrain, *in finibus Carnutum.*

Labiénus, un des lieutenans de César, à la tête de quatre légions romaines, vint mettre par son ordre le siége devant Paris, qui ne consistait alors que dans une petite île qu'on appelle encore Cité, enfermée dans les deux bras de

---

[1] Du mot grec δρὺς chêne ou du nom celtique *druyer.*

la Seine. A son approche, les Parisiens se retranchèrent
d'abord dans un marais que formait la rivière de Bièvre,
à la place de laquelle est bâti aujourd'hui le quartier Saint-
Marceau ; puis, dans la crainte qu'il ne s'emparât de leur
ville, ils abandonnèrent ce poste, mirent le feu à leurs
maisons qui n'étaient construites que de bois et de bran-
chages enlacés les uns dans les autres, coupèrent deux
ponts, maintenant le *Pont-au-Change* et le *Petit-Pont*,
se placèrent au pied du mont *Leucotitius* ou montagne
Sainte-Geneviève, et sur la place Maubert, autrement
dite de *Maître Albert*, qui y tint une école publique. Le
général romain, étonné de la bonne contenance des
Parisiens, vit bien qu'il ne les vaincrait pas sans
peine ; en conséquence, après avoir rassemblé toutes ses
forces, il les attaqua dans leur retranchement, d'où ils le
repoussèrent à plusieurs reprises avec un courage digne
de l'origine de leur nom primitif, qui, en langue celtique,
signifie brave, vaillant. Après un combat sanglant qui dura
tout le jour, ces héros invaincus, accablés par le nombre,
passèrent sous le joug des Romains. Cet événement mé-
morable arriva l'an de Rome 701, cinquante-deux ans avant
Jésus-Christ.

Dans la suite, épris de l'aménité de ces lieux, où il
croissait du vin excellent et une grande quantité de figues
exquises, et charmés de la situation de cette place, sise au
centre de plusieurs provinces qu'ils avaient déjà ajoutées
à leur empire, les fils de Quirinus en firent le siége d'un
gouvernement. Ils y élevèrent des édifices solides, entre
autres le grand et le petit Châtelet [1], forteresses où ils
mirent de fortes garnisons pour contenir un peuple belli-
queux nouvellement soumis à leur domination qui dura
environ 534 ans, époque à laquelle Clovis, le premier roi

[1] Corrozet.

chrétien en France , après en avoir chassé ces usurpateurs en 5io , fit de Lutèce la capitale de ses conquêtes.

Depuis César jusqu'à Julien , il n'est presque plus mention de la ville de Paris dans l'histoire. Valentinien Ier. et Gratien l'habitèrent quelque temps, et l'empereur Julien y fut proclamé Auguste en 36o. Ce prince , s'étant réfugié dans la Gaule , choisit cette belle contrée pour y fixer sa demeure. Il y fit bâtir un magnifique palais appelé Therme, du mot latin *Thermæ ;* on en voit encore quelques restes précieux dans la rue de la Harpe, entre celle de la Parcheminerie et celle des Mathurins Saint-Jacques. Parmi le grand nombre d'antiquaires qui ont traité l'histoire de cette fameuse cité , aucun , j'ose le dire, ne s'est accordé jusqu'à ce jour sur son étymologie. En effet , les uns prétendent que Paris , avant de porter ce nom , avait celui de Lutèce , dérivé des mots celtiques *luh* rivière , *touez* au milieu et *y* habitation , et qu'ainsi le mot Lutèce venait de *luhtouezy* , habitation située au milieu de la rivière , parce que cette ville était bâtie dans une île au milieu de la Seine ; d'autres veulent qu'elle ait été nommée Lutecia ou Lucotèce , soit du nom de Lucus , qui était un général très-illustre chez les Gaulois , ou du mot latin *lutum* qui signifie boue, parce que, sa situation étant entre les deux bras de la rivière , il y avait toujours dans ce lieu beaucoup d'eau et de boue : pour appuyer leur sentiment d'exemples authentiques, ils assurent que c'est par cette raison qu'on appelle aujourd'hui Marché - Palus , un endroit qui se trouve à l'extrémité du Petit-Pont, entre la rue Neuve-Notre-Dame et la rue de la Calandre. Ceux-ci au contraire soutiennent que le nom de Paris est formé des mots grecs παρὰ Ισιδος *,* proche d'Isis ; soit parce que cette déesse des anciens avait un temple dans l'emplacement de l'église Saint-Germain-des-Prés , élevée sur les ruines de celle de Saint-Vincent (avant ces temps le temple de Mercure) , dont Paris dans son étendue primitive n'était pas fort éloigné , soit parce que nos ancêtres , l'adorant sous la forme d'un vaisseau , avaient choisi de temps immémorial un navire pour symbole. Ceux-là , ce qui paraît plus vraisemblable , disent que le nom de Paris vient de Paris, vaillant chef gaulois , dont les états s'étendaient autour de cette ville , sur les bords de la Seine , ou d'un culte qu'on rendait à Pâris , fils de Priam , roi de Troie , auquel ces peuples avaient élevé un temple dans l'endroit même où nous voyons l'église Notre-Dame , cette superbe cathédrale , une des plus vastes de l'Europe , qui fut commencée sous le règne de Childebert Ier. , vers l'année 522 , et terminée sous ceux de Henri Ier., Louis le Gros , Louis le Jeune, et Philippe II, surnommé Auguste , en 1257.

Quoi qu'il en soit, l'opinion de dom Bernard de Montfaucon , célèbre bénédictin, paraît mieux fondée. Il pense que cette ville a reçu son nom des peuples que les anciens historiens appelle Parisii , qui, ayant trouvé la situation de cette île commode , y tenaient des foires et des assemblées d'état où ils terminaient les affaires de leurs maisons , ce qui avait lieu tous les ans dans les jours marqués par des proclamations solennelles. Ces jours s'appelaient landi, comme qui dirait *dies indictæ* , dont on conserve encore à présent une espèce de mémoire par une fête que l'on célèbre annuellement à Saint-Denis.

Sous le règne de Clovis elle était entre les deux bras de la Seine , et n'occupait , comme du temps de César , qu'une partie de l'île appelée Cité , avec quelques maisons champêtres sur le bord de la rivière du côté de l'église de Saint-Germain-l'Auxerrois , où était alors un bois nommé la forêt des Charbonniers. Sous la seconde race , elle devint plus considérable. On commença à bâtir sur les bords de la Seine , surtout aux environs de l'abbaye Sainte-Geneviève , que le roi Clovis avait déjà fondée sous le titre de Saint-Pierre-du-Mont, proche l'église appelée aujourd'hui Saint-Etienne-du-Mont. Au commencement de la troisième race, c'est-à-dire sous les règnes de Hugues-Capet, Robert son fils, Henri Ier., Philippe Ier., Louis le Gros et Louis VII dit le Jeune, les Juifs, qui à cette époque reparurent en France, obtinrent la permission d'y bâtir des maisons qui forment aujourd'hui ces vilaines rues de la Tacherie, du Pet-au-diable, Saint-Bon et autres adjacentes. Entre les boulevards et la rivière, depuis le terrain où est à présent l'Arsenal jusqu'au bout des Tuileries, Paris ne présentait que les restes d'un bois marécageux, des haies, des fossés et quatre ou cinq bourgs plus ou moins éloignés les uns des autres ; quelques ruelles boueuses autour du Grand-Châtelet et de la Grève ; un grand pont [1] pour arriver dans une petite île qui n'était habitée que par des marchands et des ouvriers ; un autre pont pour en sortir du côté du midi, et au delà de ce pont et du Petit-Châtelet, trois ou quatre cents habitans épars çà et là sur les bords de la Seine et dans les vignes qui couvraient la montagne Sainte-Geneviève ; mais Philippe Auguste, le héros de Bovines, l'agrandit de beaucoup et y fit des embellissemens remarquables. En effet, ce prince, voulant assigner des limites à cette ville, commença en 1190 à la faire enceindre de murailles, flanquer de tours, ouvrage qui ne fut achevé qu'en 1211. Il fit commencer le Louvre l'an 1214. Pour donner une idée de cette enceinte, je vais me servir, pour tâcher d'être plus intelligible, des noms des rues et édifices qui n'existaient pas en ce temps-là, puisque sous Saint-Louis, petit-fils de ce roi, une grande partie du terrain que renfermait ce circuit était encore désert, en marais ou en cultures.

---

[1] Pont au Change.

Du côté du nord, elle passait près du Louvre, traversait les rues Saint-Honoré, des Deux-Écus, Coquillière, Montmartre, Montorgueil, le terrain où est maintenant le théâtre Italien, les rues Française, Saint-Denis, Bourg-l'Abbé, Saint-Martin; continuait le long de la rue Saint-Lazare, traversait la rue Beaubourg, la rue Sainte-Avoye, passait entre celle des Francs-Bourgeois et des Rosiers, et allait aboutir au bord de la rivière à travers les bâtimens de l'ancien couvent de l'Ave-Maria, aujourd'hui une caserne, où il reste encore des vestiges de ces murailles. Elle avait huit portes principales; la première près du Louvre, au bord de la rivière; la deuxième où est le temple des catholiques de la confession d'Ausbourg, rue Saint-Honoré, au coin de celle de l'Oratoire; la troisième vis-à-vis de Saint-Eustache, entre la rue Platrière et la rue du Jour; la quatrième rue Saint-Denis, appelée la Porte-aux-Peintres, à l'endroit où est un impasse qui en a retenu le nom; la cinquième rue Saint-Martin, au coin celle Grenier-Saint-Lazare; la sixième, nommée Barbette, entre la rue des Blancs-Manteaux et celle des Francs-Bourgeois; la septième et la huitième au bord de la rivière, entre le port Saint-Paul et le pont Marie.

Du côté du midi, l'autre moitié de cette enceinte, qui commençait à la porte Saint-Bernard, est tracée par les rues des Fossés-Saint-Bernard, des Fossés-Victor, des Fossés-Saint-Michel, ou rue Sainte-Hyacinthe, des Fossés-Monsieur-le-Prince, des Fossés-Saint-Germain, ou rue de la Comédie-Française, de la rue Mazarine, anciennement les Fossés de Nesle. Ce circuit avait sept portes : la porte Saint-Bernard, ou de la Tournelle, les portes Saint-Victor, Saint-Marcel et Saint-Jacques; la porte Gibard, d'Enfer ou de Saint-Michel, au haut de la rue de la Harpe, à l'endroit où est la fontaine; la porte Saint-Germain, ou de Buci, au haut de la rue Saint-Andrédes-Arcs , vis-à-vis de la rue Contrescarpe, et la porte de Nesle, où l'on voit à présent les Quatre-Nations. Il y eut encore une porte dans la rue de l'École de Médecine , et quand la rue Dauphine fut bâtie on en fit une vis-à-vis l'autre bout de la rue Contrescarpe , et qu'on appela la porte Dauphine. Enfin ce monarque, pour couronner son ouvrage , fit paver toutes les rues de Paris. Un financier (Gérard de Poissi) contribua généreusement à cette dépense, et donna onze mille marcs d'argent.

Paris resta dans cet état jusqu'au règne de Charles V qui ne changea rien à l'enceinte de Philippe-Auguste ; il fit seulement creuser des fossés autour des murailles : elles étaient flanquées de tours de distance en distance , et ne furent abattues qu'en 1646. Il les fit reculer jusqu'à l'endroit où est l'Arsenal. Depuis l'emplacement de la porte Saint-Denis et de la porte Saint-Martin , ces murs continuaient le long de la rue de Bourbon, traversaient les rues du Petit-Carreau et Montmartre, la place Victoire , le jardin du Palais-Royal, la rue Saint-Honoré et allait finir au bord de la rivière , au bout de la rue Saint-Nicaise. Aux quatre extrémités de cette enceinte , comme à celle de Philippe-Auguste , il y avait quatre grosses tours : la tour du Bois près du Louvre , la tour de Nesle où est le collége des Quatre-Nations, la tour de la Tournelle et la tour de Billi. Elles défendaient des deux côtés de la rivière l'entrée et la sortie de Paris, par de grosses chaînes attachées d'une tour à l'autre , et qui traversaient la Seine , portées sur des bateaux placés de distance en distance. L'approche de l'île Saint-Louis était défendue par un fort ; on ne commença qu'en 1614 à y bâtir des maisons et à la joindre à une autre île , appelée la Petite-Isle-aux-Vaches , dont elle avait été jusqu'alors séparée par un canal de la rivière , à l'endroit où est aujourd'hui l'église Saint-Louis. Les ponts Marie

(ainsi nommé de Marie, l'entrepreneur), et de la Tournelle ne furent achevés qu'en 1635.

Les rues des Petits-Champs et des Bons-Enfans abou-
tissaient encore, en 1630, aux murailles de la ville qui
passaient sur le terrain où est la place des Victoires : ce
quartier était alors si retiré qu'on y volait en plein jour,
et qu'on le nommait le quartier Vide-Gousset; de là, la rue
qui porte encore aujourd'hui ce nom.

Enfin cette ville acquit petit à petit, sous chaque roi, un
degré de grandeur et de magnificence. Henri II et Charles IX firent percer quarante rues ; Henri III construisit
plusieurs ponts et plusieurs quais, commença l'Hôtel-de-
Ville, la fontaine des Innocens, la Halle-aux-Blés, les
boulevards du nord et le Pont-Neuf, dont le travail fut
interrompu pendant les guerres civiles. Henri IV fut le
premier prince qui embellit Paris de places régulières et
décorées d'ornemens d'architecture ; il acheva le palais des
Tuileries qu'avait fait commencer Catherine en 1564, et
auquel Louis XIV donna la perfection ; il fit commencer
la place Royale que fit achever Louis XIII, sur l'emplacement du palais des Tournelles, que Charles V avait fait
construire quelque temps après le château de la Bastille ;
il termina le Pont-Neuf, ouvrit les rues Dauphine, Chris-
tine et d'Anjou, sur une partie du jardin des Grands-
Augustins et sur les ruines de l'hôtel des Abbés de Saint-
Denis, et commença la place Dauphine sur deux petites
îles qu'on joignit ensemble, et à celle du Palais, dont elles
avaient été séparées par un canal de la rivière à l'endroit où
est à présent la rue du Harlay. Louis XIV fit disparaître
l'enceinte de cette ville, changea ses portes en arcs de
triomphe, combla ses fossés qui, bientôt couverts d'ar-
bres, devinrent des promenades appelées boulevards. Ce
nouveau côté fut bientôt couvert des rues de Cléry, du
Mail, Saint-Augustin, Sainte-Anne, des rue Neuve-Saint-

Eustache et autres adjacentes ; il y avait cependant encore des moulins sur la butte Saint-Roch, en 1670. Bref, ce monarque, jaloux d'agrandir la capitale de son royaume, fit percer plus de cent rues et rebâtir un nombre considérable d'anciennes. Versailles, Saint-Cloud, Marly, la colonnade du Louvre, Saint-Sulpice, l'hôtel des Invalides, le Val-de-Grâce, les places des Victoires et Vendôme, les portes Saint-Denis et Saint-Martin attestent la munificence de ce prince dont le génie devait imprimer à son siècle tout l'éclat qui l'a environné.

Louis XV et Louis XVI l'ornèrent aussi de beaux monumens et d'établissemens utiles.

Pendant ces temps de deuil et de tempête où la France, victime de l'intrigue et du brigandage, était baignée de sang et de larmes, Paris n'acquit aucun accroissement, aucun embellissement, et resta dans cet état de torpeur et de stagnation, jusqu'à ce que le ciel, ayant pitié de l'état déplorable d'un peuple infortuné, envoya un grand homme, l'immortel Napoléon, qui, par son vaste génie et son courage, répara bientôt les maux horribles de l'anarchie. Désireux d'agrandir la gloire de son pays, il porta ses armes sur presque tous les points du globe ; et partout la victoire, souriant à ses généreux efforts, se plut à le couronner des lauriers qu'elle réserve à ses favoris. Ces soins, qui seuls appartenaient à un grand cœur, ne l'empêchèrent pas d'encourager les sciences, les arts, de faire fleurir le commerce, d'assurer le bonheur de tous en assurant la prospérité publique, d'embellir Paris de beaux édifices et de monumens qui perpétueront à jamais sa mémoire.

Il perça et fit achever un grand nombre de rues, entre autres celle de la Paix sur l'ancien emplacement du monastère des capucines, et celles de Rivoli, Monthabor et Castiglione. Il érigea la colonne de la place Vendôme, l'arc de triomphe du Carrousel, celui de l'Étoile, bâtit le pont.

d'Austerlitz et d'Iéna, plusieurs quais; il conçut le vaste projet de finir le Louvre, et effectivement il y fit plus travailler que tous les rois de France réunis. Enfin, je ne finirais pas cette description, si je voulais retracer tous ses travaux et ceux qu'il rêvait encore, lorsqu'il succomba sous la trahison de ses ennemis, qui tramèrent sa perte dans l'ombre, n'osant attaquer de front un aussi grand homme.

Louis XVIII, malgré son esprit despotique, n'a pas été étranger aux embellissemens de la capitale. Dans les premières années de son règne, l'ex-roi augmenta la ville de Paris de plusieurs quartiers, entre autres celui qui portait son nom, qui établit une communication entre le quartier Poissonnière et celui de la Villette. La fureur des bâtimens, s'il est permis de parler ainsi, était poussée à un degré difficile à concevoir, et pendant qu'un barbare souverain rêvait la destruction du monument le plus précieux, les Parisiens s'efforçaient de jeter quelque lustre sur cette époque qui ne fut signalée par aucun bienfait, et qui n'aura d'autre titre à l'histoire que celui d'avoir renouvelé le souvenir des siècles des rois *fainéans*, et l'horrible mémoire de Charles IX. En effet, à son exemple, de concert avec quelques ineptes et audacieux conseillers, il fit dans les journées des 27, 28 et 29 juillet, massacrer les Français, qui refusaient avec fierté de courber la tête sous le joug d'airain qu'il voulait leur imposer. Il reçut bientôt la récompense que méritait son forfait, et, obligé d'errer sur des terres étrangères, il traîne de cours en cours son inutilité, afin sans doute d'apprendre par sa présence aux autres souverains ce qu'il en coûte pour parjurer sa foi et tyranniser les peuples. Paris, dans ces trois mémorables journées, s'est rendu digne par son courage de la célébrité de son origine.

(B), page 9.

Brennus, vaillant chef des Gaulois, qui conquit presque toute l'Italie. Il prit Rome l'an 363 de la fondation de cette ville, cent dix-neuf ans après l'expulsion de Tarquin, la troisième année de la 97e. olympiade, la soixantième avant la ruine de l'empire des Perses, ou l'établissement de celui des Macédoniens, par Alexandre le Grand, l'an du monde 3616, et 388 ans avant la naissance de Jésus-Christ.

(C), page 11.

La branche aînée de la famille des Bourbons rentra en France avec le désir de la vengeance et celui de ramener en ce beau pays toutes les antiques et tyranniques institutions que les Parisiens avaient déjà si généreusement détruites pour y substituer les droits sacrés avec lesquels la justice doit gouverner tous les hommes. Louis XVIII, doué de la plupart des qualités nécessaires au souverain, eut l'adresse de sacrifier son animosité à la prospérité de la patrie; mais la mort vint le surprendre au milieu de ses desseins. Charles X, à son avénement au trône, simula des sentimens vraiment paternels pour ses sujets; il se concilia leur amour en affectant d'établir ou de projeter du moins l'établissement des lois qui pouvaient les flatter. Aussi, il se fit sacrer à Reims d'un consentement unanime, et tous les Français se portèrent en foule sur son passage quand il fit son entrée dans la capitale, et formèrent des vœux pour son bonheur. Lorsque ce nouveau roi crut son pouvoir établi sur des bases inébranlables, il chercha à frapper dans l'ombre toutes les lois et les institutions les plus saintes,

*

pour les remplacer par le retour des coutumes féodales ; il ordonna le licenciement de cette belle et brave garde civique qui lui avait donné les preuves les plus manifestes de dévouement et d'amour. La France fut assez généreuse pour pardonner au monarque cet attentat à la destruction du pacte fondamental de sa liberté. Charles prit cette modération pour de la crainte et de la faiblesse, et, dès lors, ne gardant plus aucune mesure, il résolut de lâcher les rênes à toutes les passions haineuses qui, depuis tant d'années, maîtrisaient son âme. Il jeta ouvertement le masque qui le couvrait, et, soudain, paraissent les ordonnances fatales de juillet 1830. Le peuple Français, fatigué de tant d'outrages, résolut enfin de repousser la tyrannie. Il se lève, il cherche à dévoiler au souverain parjure l'abîme qu'il creuse sous ses pas ; pour répondre à ses intentions, le roi barbare fait vomir sur eux la mitraille et la mort par ses satellites. Le peuple résiste, brise son trône et replante avec orgueil le drapeau de la liberté !

(D), page 18.

Louis XII était fils de Charles, duc d'Orléans et de Marie de Clèves. Il parvint à la couronne à l'âge de trente-six ans, en 1499, et mourut à Paris en 1515, à l'âge de cinquante-trois ans, dont il en avait régné dix-sept ; il méritait de vivre un siècle. Bon, juste, affable, il eut soin que la justice fût rendue avec promptitude, impartialité et sans frais. Son édit de 1449 a rendu sa mémoire chère à tous ceux qui administrent la justice et à tous ceux qui l'aiment. Il ordonne par cet édit qu'on suive la loi, malgré les ordres contraires que l'importunité pourrait arracher au souverain. Il fut le premier qui mit les laboureurs à

couvert de la rapacité du soldat. Il fit punir de mort les gendarmes qui rançonnaient les paysans. Les troupes, par cette mesure sévère, mais nécessaire, ne furent plus le fléau des provinces, et, loin de vouloir les éloigner, le peuple les demandait. Il remit à ses sujets le présent du couronnement, la troisième partie des impôts, la dixième des tailles, et même *la moitié de son revenu,* pour rendre leur sort plus heureux, et mérita par d'aussi belles actions le titre de *Père du peuple,* le plus glorieux pour un roi. Ayant appris que quelques seigneurs se riaient de sa parcimonie, il dit : « J'aime mieux voir les courtisans rire de « mon économie que le peuple pleurer de mes dépenses. » Tout le monde le pleura et la France fut inconsolable ; les crieurs publics disaient le long des rues en sonnant leurs clochettes, « le bon roi Louis XII , le père des Français est » mort. »

Louis d'Orléans, de ses sujets le père,
Méprisa la vengeance et dompta la colère ;
Il vainquit Ludovic, conquit le Milanais,
Soutint, près d'Agnadel, l'honneur du nom français,
Vit Nemours à Ravenne, animé par la gloire,
A la fleur de son âge enchaîner la victoire,
Et ce jeune héros, du sang des demi-dieux,
Terminer ses destins par un sort glorieux.
A Novare, le Suisse, aiguisant son courage,
De tant d'exploits brillans lui ravit l'avantage,
Et, devant Guinegate, il vit ses escadrons
N'opposer à l'Anglais que de vils éperons.
Ce roi qu'à nos aïeux donna le ciel propice
Sur son trône avec lui fit asseoir la justice ;
Il pardonna souvent, il régna sur les cœurs,
Et des yeux de son peuple il essuya les pleurs.

(E), page 23.

LA VÉRITE.

La Vérité, triomphant de tous les obstacles, franchit enfin le seuil du palais de l'empereur des Russies et lui parle en ces termes :

« PRINCE,

» Que mon apparition subite et inattendue au milieu de ton palais ne te cause aucun effroi; je suis la Vérité. Je me présente à toi sans emprunter aucun fard, et non avec cet air vil et rampant qui caractérise toujours ceux qui t'environnent. Semblables aux serpens cachés sous les fleurs, ils se glissent progressivement jusqu'au pied du trône pour y distiller avec profusion le venin de la flatterie. Ils ne cherchent qu'à s'emparer avec adresse de ton cœur pour m'en interdire l'accès : victorieuse enfin de leurs coupables intrigues, je viens aujourd'hui te faire connaître ce que les ennemis de la patrie s'efforcent de te voiler, N'ayant jamais vu les choses que sous les couleurs les plus favorables, il est important pour ta gloire que je te parle d'une manière sévère sans doute, mais que les conjonctures m'obligent d'employer. Libre de toute passion, dégagé de tout intérêt, c'est à toi que je m'adresse, c'est ton cœur que je choisis pour temple; j'y resterai désormais pour servir de rempart inexpugnable contre les traits des courtisans qui, honteux et confus, iront pleurer en secret le mauvais succès de leurs criminelles tentatives.

» L'idée que j'ai conçue de toi m'assure d'avance que tu ne négligeras rien pour ramener ton attention sur ce qui

te regarde personnellement. Ma bouche te va faire entendre ce que tant d'autres n'ont fait que te déguiser. Trompé
par ceux même en qui tu avais placé ta confiance, tu te
trouves dans la situation d'un monarque qui pourrait être
un grand prince, mais qu'un aveuglement prolongé con-
duirait à sa perte.

» O Czar, un congrès doit, dit-on, se réunir à Varsovie
pour négocier entre les Polonais et les Russes : nulle né-
gociation ne peut être assise que sur l'indépendance pleine
et entière de la Pologne. Tu auras pu juger et voir que
cette brave nation est digne de son indépendance à plus
d'un titre, et que ton opiniâtreté à l'opprimer ternit
tes qualités et compromet la tranquillité de ton empire.
Ouvre les yeux à la lumière et ne mets personne dans la
cruelle nécessité de désirer plus long-temps la défaite de
tes armées, car chacun joue avec ses sentimens un rôle
bien différent de celui de l'époque où tu faisais la guerre
à un peuple barbare en protégeant les illustres descendans
d'une nation malheureuse qui voulait aussi recouvrer son
indépendance; tous les Français, à l'exception de Charles X et des jésuites qui étaient musulmans, faisaient des
vœux ardens pour le triomphe de tes armes, tant a de
puissance une cause juste sur les cœurs généreux! La prise
de Varna et le passage des Balkans produisit en France
une sensation si vive de plaisir qu'il semblait que des Français eux-mêmes eussent remporté une éclatante victoire.
Czar, ils sont encore trop près de ce temps pour l'avoir
oublié, aussi tous sont prêts à l'indulgence, et Clio elle-
même changera tes plus tristes pages dans l'histoire pour
les plus brillantes de ta vie. Les hommes sont tous sujets
à l'erreur, et la guerre de Pologne atteste que l'autocrate
de toutes les Russies paie son tribut à l'humaine faiblesse.
Écoute donc mes conseils salutaires. Reconnais l'indépendance de la Pologne, fais un traité d'alliance à jamais in-

dissoluble avec ce peuple héroïque; que les Polonais et les Russes, abjurant leur inimitié, deviennent frères; laisse-leur le choix d'un souverain. Hâte-toi, le moment presse; car tu verras un jour, qui peut être n'est pas éloigné, où les autres souverains, qui tiennent sous le joug de la domination des portions de l'antique Pologne, les rendront à leur ancienne patrie. Si les rois n'étaient pas souvent égarés par de perfides conseillers, que de calamités ils épargneraient aux peuples; qu'il leur serait facile de conquérir un grand nom; s'il y en a, en effet, qui ont acquis de la renommée par de brillantes conquêtes, il y en a aussi qui pourraient avec bien moins de hasards et de peines s'illustrer dans l'histoire. »

A ces mots, la Vérité reprend son essor vers les cieux et laisse le Czar livré aux réflexions que doivent lui suggérer des avis dont il fera peut-être une étude particulière.

FIN.

IMPRIMERIE ET FONDERIE DE FAIN.